奥 林 匹 斯

LA MYTHOLOGIE

山 上 的

VUE PAR LES

怪 物

MONSTRES

有 话 说

海妖塞壬利革亚

Moi, Ligia, Sirène

[法] 西尔维·博西埃 著　徐洁 译

中央编译出版社
Central Compilation & Translation Press

Sylvie Baussier

Note

作者按

d'intention

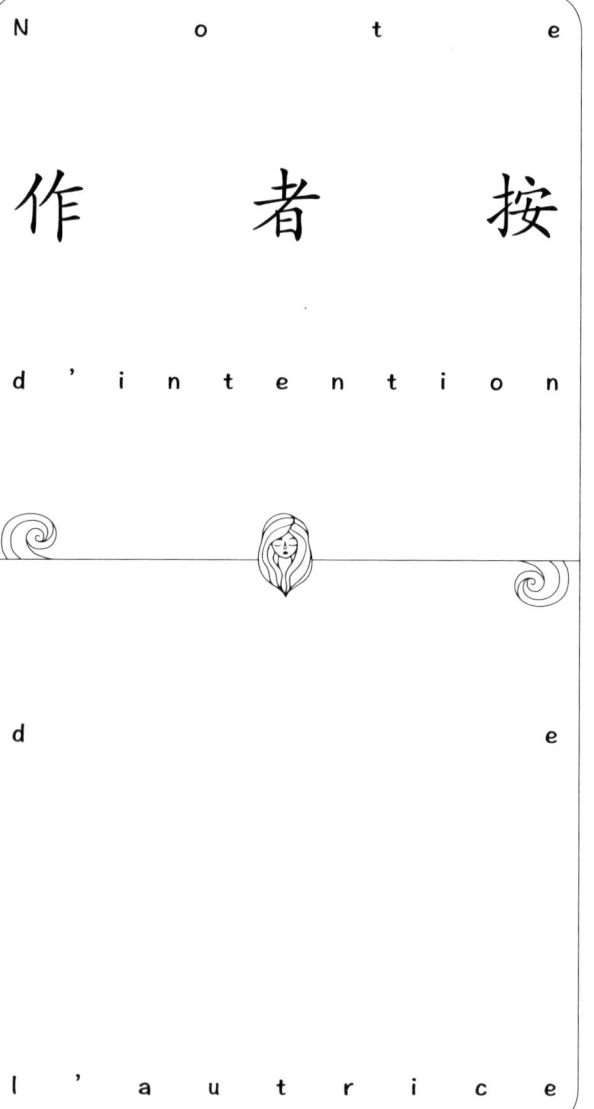

de

l'autrice

如果我告诉你，希腊神话中的怪物们其实都保有一丝人性；

如果我告诉你，我们每个人的内心都有一处自己不愿面对的隐秘角落……

历史总由胜利者来书写，我们对此已司空见惯：滑铁卢在英国的教科书里被描述成一场大胜仗，但在法国却多少不为人知！在神话故事里，忒修斯是大英雄，而米诺陶则成了大坏蛋……

可是，如果我们换个角度，关注一下"负面人物"呢？

或许，是否可以请他们来讲述一下自己的故事？

女士们、先生们，亲爱的读者们，现在就请拉着我的手，开启这段奇妙的旅程……

人物介绍
Les personnages

Ligia

利革亚

利革亚是河神阿刻罗俄斯和
缪斯女神墨耳波墨涅的女儿。
她被女神得墨忒耳变成了人头鸟身的海妖塞壬。
她有一个名叫琉科西亚的妹妹。

Leucosia

琉科西亚

琉科西亚是河神阿刻罗俄斯和

缪斯女神墨耳波墨涅的女儿。

她被女神得墨忒耳变成了人头鸟身的海妖塞壬。

她是利革亚的妹妹。

Déméter

得墨忒耳

得墨忒耳是希腊神话中的农业和丰收女神，
是宙斯、波塞冬和哈得斯等神灵的姐妹。
她是泰坦神克洛诺斯和瑞亚的女儿，
是天空之神乌拉诺斯
和大地女神盖亚的孙女。

Coré

科瑞

科瑞是希腊众神之王宙斯和得墨忒耳的女儿。

她同琉科西亚和利革亚一起玩耍时，

被冥王哈得斯掠走。

正是她的失踪导致琉科西亚和利革亚两姐妹

被得墨忒耳变成了海妖塞壬。

Ulysse

奥德修斯

奥德修斯是希腊神话中最著名的英雄之一,
他的故事广为人知:英雄史诗《伊利亚特》,
记叙了他参与特洛伊战争,最终克敌制胜的故事;
还有《奥德赛》,讲述了他是如何历经艰险回到
自己的领土——希腊伊塔刻岛的。
正是在这次为期十年的漫长归程中,
他遇到了海妖塞壬。

Orphée

俄耳甫斯

俄耳甫斯是希腊神话中的英雄,

也是诗人和音乐家。

他和阿耳戈英雄们一起,

辅佐伊阿宋出海远征。

他还有另一桩广为人知的事迹:

他曾下到冥王哈得斯的冥界,

试图把不幸被毒蛇咬死的妻子欧律狄刻带回人间。

目录

第一章

饥肠辘辘的大鸟 / 014

第二章

可怕的诅咒 / 024

第三章

梦境 / 036

第四章

阿耳戈号 / 042

第五章

俄耳甫斯的歌声 / 050

第六章

海妖塞壬的宿命 / 060

第七章

失手 / 066

第八章

终结 / 074

海妖塞壬的传说 / 084
趣味游戏手册 / 098

Table des matières

Chapitre 1

Un gros oiseau affamé / 015

Chapitre 2

Une terrible malédiction / 025

Chapitre 3

Mes rêves / 037

Chapitre 4

L'Argos / 043

Chapitre 5

Le chant d'Orphée / 051

Chapitre 6

Le destin des sirènes / 061

Chapitre 7

Nos échecs / 067

Chapitre 8

Fin de l'histoire / 075

Le mythe des sirènes / 085

Cahier de jeux / 099

第一章
饥肠辘辘的大鸟

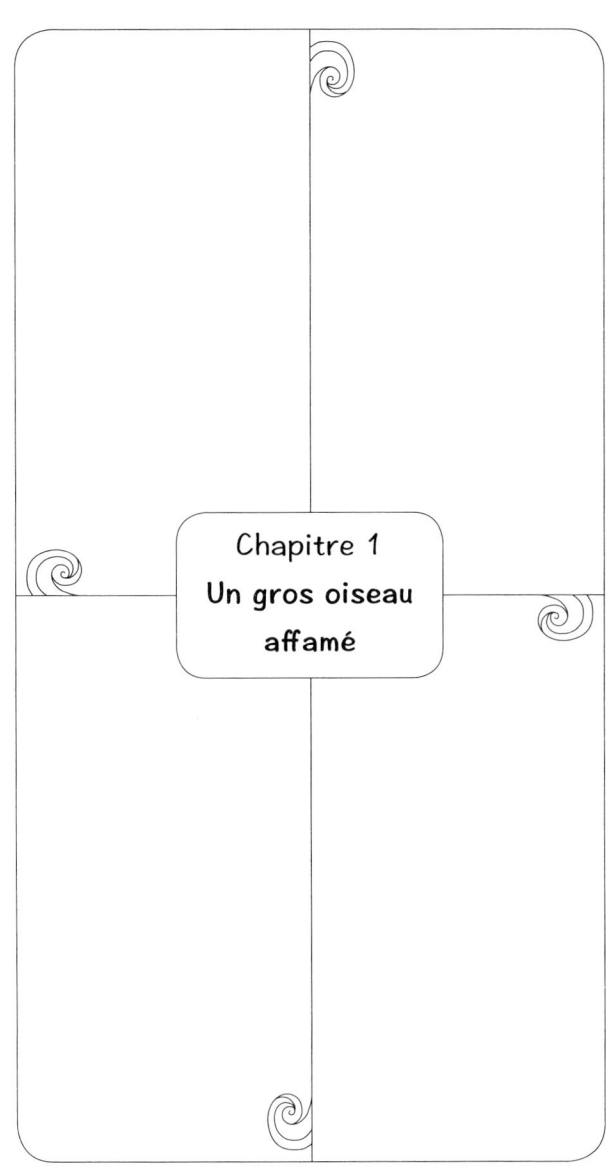

Chapitre 1
Un gros oiseau affamé

我站立在孤零零的礁石上，在海风中瑟瑟发抖。我费了好大劲儿才理顺了被海盐缠结在一起的长发。我双眼注视着波涛汹涌的海浪，灰色的天空和大海融成一色。我多么想去别的地方！在草地上奔跑，采摘水仙花，和朋友们一起有说有笑。这些昔日的欢声笑语真的存在过，还是说一切都只是一场梦？

我感到有一道目光落在我的颈后，跟铁似的刺进肉里。接着，一个声音响起，既悦耳又冷酷，盖过了波涛的撞击声："利箪亚！你在干吗呢？你明知道做白日梦只会让自己难过！"

是我的妹妹琉科西亚，她同我一样倒霉。

我反唇相讥，嗓音在浪花里炸开："你给我闭嘴！"

可琉科西亚就是不闭嘴："你以为用翅膀就能解开你的头发吗？你连梳子都拿不住！你得先有双手才行！"

这刻薄的话刚说完，她就立刻变了张脸，爆发出一阵动听的笑声，我还以为听到了竖琴的乐音，同海风的隆隆声和鸣。

我转过身来回答她，所有的喜悦突然离我而去，不再有草地，不再有水仙花！看着她就像看着镜子里的自己，我俩长得太像了！

孤零零地活着，还是日复一日面对着人模鬼样的另一个自己？这两种情况到底哪一种更糟糕？琉科西亚和我一样，颧骨高耸、眉眼如画、鼻梁挺直、一口皓齿。她一头古铜色的长发在海风中飘扬，被浪花打湿，变得黏糊糊的——就像我的一样。

可她作为年轻姑娘，就只剩下这些残余的美貌了。我俩都长着禽类的身体，浑身覆盖着棕色的羽毛。她说话的时候，翅膀会抖动起来，就像在晃动她的手臂一样。她长着锋利的爪子，这些爪子是捕捉、搬运并切碎猎物的利器。

琉科西亚凄然一笑："不要摆出那张臭脸！没错，我俩是长得一模一样，就如同汪洋大海中的两滴海水。"

难道她会读心术,能看穿我心中的想法?

我恳求她:"求求你,消停一会儿吧……"

兴许,她指望我接受这块孤零零的礁石,接受我们这半人半鸟的被诅咒的命运?

她继续说道:"你再也不会有朋友,不会有爱人了,我也不会。我们再也不会有欢声笑语和玩耍嬉戏的好日子了!我们就像罪犯一般遭到了惩罚,可我们是无辜的!"

她喋喋不休,这些话钻进我的心里,把我的心撕成碎片。有那么一瞬间,我又看到了自己,一个和其他仙女载歌载舞的小女孩,正把编织好的常春藤花环戴在自己的头上!

我还没回过神来,我那对有力的翅膀就已经展开了。我飞了几米,然后向琉科西亚猛扑过去。可她早料到我会用这一招——她太了解我了。

当我俯冲下去的时候,她早已跑远。我一头撞在礁石上,脸颊开始渗血。我的妹妹就像一个无所事事的孩子，变着花样来打发时间。

她笑得合不拢嘴，黑暗中的月色看起来愈加苍白了。她的笑声直达天庭，扰得奥林匹斯山上的诸神都睡不好觉。

我们可不能引起他们的注意！我和琉科西亚之所以变成半人半鸟的鬼模样，之所以吃水手的肉充饥，那都是拜得墨忒耳和宙斯的兄弟哈得斯所赐。一想到他们可能会让我们落到更糟糕的境地，我就脊背发凉。即使我们永远都无法将他们从脑海中赶走，我们也得不惜一切代价让他们忘记我们。谁知道他们一时兴起会对我们做什么！

晨光照射在洞穴入口处，将我从睡梦中唤醒。饥饿拉扯着我的胃，令我两眼发花。我踩着小步子，跳上了我们栖身的这块灰色礁石顶端。我敏锐的目光掠过海浪，朝着消失在薄雾中的海平线望去：我在搜寻船只的踪迹；我在搜寻水手，他们诱人的气味和鲜美的肉体。这边什么都没有。我转过身，披着披风打乱的羽毛，凝视着另一片灰蓝色的海面。

就在那边。

一艘小渔船正逼近我们所在的礁石，我不禁跳了起来。它一定是在我们睡觉的时候开过来的。现在，我听到了希腊水手的声音。我们必须赶快行动。我展翅飞回了我们的巢穴。琉科西亚还在窝里酣睡，漂亮的脑袋藏在翅膀下面，周围堆满了泛白的骨头、米色的亚麻布和凉鞋的碎片。

"来吧！"

她一下惊醒了。无须多言，也没时间怄气了。显然，她和我一样饿得慌。她张开翅膀飞了起来。我追上她，我俩很快就一同翱翔在天空中。

我这长满羽毛的鬼模样，至少给了我这点欢乐：我会飞！气流托着我轻盈的身体，转着圈往上升。

可琉科西亚把我从这个无忧无虑的瞬间拉回到现实:"我们走!"

没错,渔船就在我们正下方。我们直直地朝着碧波荡漾的海面冲过去,在船帆上空盘旋。我放开甜美的歌喉,琉科西亚的嗓音则更清脆,宛如笛声一般:

君自希腊来,
扬帆济沧海。
且听我俩把歌唱,
纵情来我温柔乡!

我们反复盘旋,一次又一次。魅惑的歌声把整艘小船团团围住。三个水手看着我们,浑身紧绷。

其中一个向我们伸出双臂,第二个的目光越过了甲板,直勾勾地看着大海,第三人较为年长,一边抗拒着我们的歌声,一边使劲摇晃着他的两个同伴。三人扭作一团,出手既快又狠。

琉科西亚和我继续唱歌。我们的嗓音

就是我们的武器,而这些人类却浑然不知。那两个较年轻的水手一头跳入冰冷的波涛中。我朝着第一个俯冲过去,琉科西亚跟在我身后。我们现在不唱了。第二个水手沉了下去——那就算了,反正我们也没力气将两具战利品拖回洞穴。至于第三个水手,他稍后会在船上醒来,晕头转向,孤身一人,纳闷为什么同伴们已经不见了,他会怀疑自己是不是犯糊涂了。让我过一会儿再悲悯他的哀痛吧,现在我只知道一件事，那就是：我好饿，好饿。

我们的猎物已经筋疲力尽了，他两次撞上我们这块礁石周围的珊瑚礁。我们的爪子抓着他的双臂——他实在太沉了，我们只能在空中艰难地飞行，费了好大劲儿才把他拖回巢穴。我们把他扔了进去，牙齿开始撕扯皮肉，肚子很快被填满了。现在，我只是一只时常饥肠辘辘的大鸟。

接下来会发生什么？

我不愿去想。

第二章
可怕的诅咒

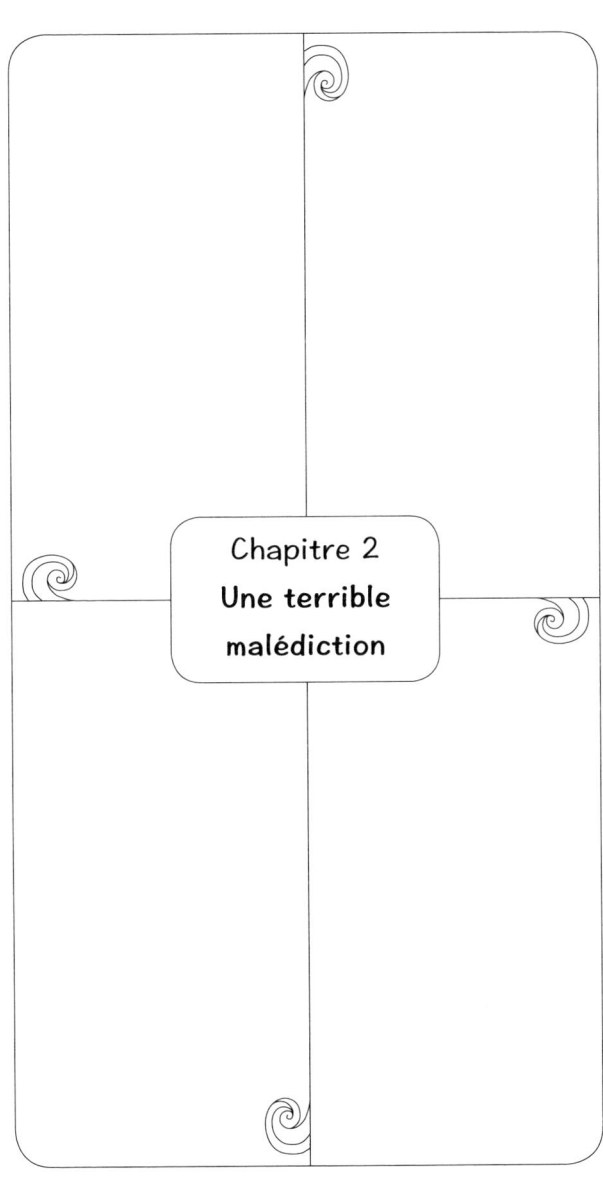

Chapitre 2
Une terrible malédiction

我在山洞里休息。在这里，没人会把我们撵走。可琉科西亚看着我，我也用同样的方式看着她。我们刚刚吃掉了一个水手！这都是得墨忒耳的错，是她把我们变成人头鸟身的怪物。她对我们施下一个可怕的诅咒：只有人肉才能喂饱我们。但我依然记得，当我还是个小女孩的时候，我喜欢吃葡萄、无花果、橄榄和杏仁，我的齿颊间似乎还留存着余味。

"利革亚？"

"怎么了，琉科西亚？"

吃完了这顿凄惨的人肉大餐，我妹妹的肚子变圆了，她不再动弹。我蜷缩在她身边，互相取暖。

"利革亚，这水手还剩下什么？"

我抬起头来，一一说出我在黑暗中看到的一切："还剩一堆骨头、一枚胸针、一双凉鞋……"

我们每次饱餐一顿之后，心里都会翻江倒海一番。

我低声问道："琉科西亚，我们是不是坏蛋？"

她能回答我什么呢？肚子鼓鼓的，脑袋却空空的。我向妹妹求安慰，可她肯定也正在厌恶她自己！

"得墨忒耳把我们变成了塞壬……我们还能怎样！"

她烦躁起来，靠着我的身子开始发抖——是出于寒冷、悲伤、愤怒，还是所有原因？

她转过身，朝着我喷出一口恶臭的气息："那些被我们吃掉的人长得很像那些放逐我们的神，他们是神灵的微缩版，手段也相对较少。可毕竟人与神曾经举杯共饮，在一起有说有笑，他们是一伙的。我们不过是在为自己报仇罢了。"

可该如何证明众神为了惩罚我们而犯下的暴行？没有任何意义，我们是怪物。我觉得自己很脏，我想大声呼喊，可这无济于事。

我只能从妹妹身边挪开，叹了口气说："我们遭到了诅咒，琉科西亚。'遭到了诅咒'，就这么简单，尽管我们没有犯下任何罪行。"

一片死寂笼罩着我们的洞穴。可没过多久,妹妹凄凉的笑声就在四壁之间回响起来:琉科西亚的嗓音是如此美妙,为这死气沉沉的地方抹上了欢乐的色彩。她变着调子,一会儿模仿长笛,一会儿奏起竖琴。我算是明白为什么水手们都被她迷得神魂颠倒了,这乐声实在是太美了!至于我,我既想躲着她,又忍不住跟随她;既想阻止她,又不愿让她离我而去。这声音美得令人发疯,如同死神打开了通往永生的道路。

我突然警觉地喊了起来:"不要唱了,琉科西亚!你不会吃掉我吧!"

她仿佛挨了我一巴掌,身子躬成了弧形。

她激烈反驳:"我永远不会吃掉你的!得了吧!"

一阵颤抖传遍我全身,从额头一直弥漫到爪子。

我试图抑制自己颤抖的声音,回答说:"原谅我,好妹妹,这种日子让我发疯。"

我靠近她，在她温暖的身旁打起了瞌睡。饭后消食让我疲惫不堪，圆鼓鼓的肚子沉甸甸的。

琉科西亚平静下来，用一种小女孩的口气要求我："跟我讲讲我们从前快乐的日子吧，好姐姐。那是多久以前的事了？"

要再次讲述我们的花样童年，还有后来的可怕日子吗？忘记一切不是更好吗？我很想忘记我们在变成塞壬以前的模样，可一切都在我的脑海里再次浮现，同我们每次大开杀戒时一样，我再清楚不过了。我不会给琉科西亚讲任何故事，可我的沉默并不等于遗忘。可惜，一切都变了……

我就这么睡着了。

我闭上双眼，梦境里绽放出鲜艳的色彩。昔日的时光就这样重现了！那时的我是一个美丽的女孩，和如今一样。我长着一头金色的长发，一张玲珑有致的红唇，还有一双黑漆漆的大眼睛。我腰肢柔软，手臂上戴满了珠宝。我多么希望自己的两条腿能恢复原样啊！琉科西亚和我曾有过一个一起长大的漂亮朋友，她叫科瑞，是众神之王宙斯和丰收女神得墨忒耳的女儿。

我们的母亲是缪斯女神墨耳波墨涅，她一生都在和姐妹们一起唱歌，从来不管我们。至于我们的父亲河神阿刻罗俄斯，他在清澈的河水中穿梭，根本不需要操心我们这些小姑娘。在天气暖和的时候，我们经常去田野里采花。我唱着歌，琉科西亚弹竖琴，科瑞则应着我们的音乐节拍跳舞，时快时慢。

然而有一天，一切都变了。

我们完全没有料到！

当时的一切是多么美好啊！

前一刻，我们三个还在兴高采烈地采摘着盛开的水仙花。

突然，我就听到一阵凄厉的叫声。

就这么一眨眼的工夫，科瑞不见了。

就这么消失了。

她去哪儿了？

我们呼喊着她的名字，在每棵橄榄

树、每棵松树后面寻找，却始终没有找到她的任何踪迹，就好像她从来没有存在过一样！

就在那时，得墨忒耳出现了。

她惊恐地问我们："我的女儿呢？她在哪里？"

奇怪，我居然心生负罪感，可根本不是我的错！

"我不知道。"我的妹妹小声回答。

我随声附和，结结巴巴地说："我什么都没看见。"

得墨忒耳仰天长啸，冰冷的声音令周围所有麦穗和花朵都瞬间干枯了：

"你们就在她身旁，不过几步之遥，真的什么都没看见？你们这两个小叛徒到底是谁的帮凶？你们在给谁打掩护？"

"我们也在到处寻找科瑞，得墨忒耳。"

"再好好找找！"女神说道。她悲愤交加，浑身发抖。

"假如我们长着翅膀就好了……"琉科西亚咕哝道。

正因我妹妹这一番话，我们为此大难临头。

"那会怎样？"女神问道。

"我们就能飞越陆地和海洋，一定能找到她的踪迹。"

没过多久，我的肩胛骨上一阵刺痛。我仔细打量琉科西亚，终于明白了缘由：只见妹妹的背上长出了翅膀，它们不停地拍打着。我一定也受到同样的待遇，可我并没有向得墨忒耳提出任何要求呀！

得墨忒耳把话挑明了："飞吧，找到我心爱的女儿再回来！至于我，我将走遍五湖四海，把所有男人、女人和小孩都问个遍。"

于是，我不经意地拍打起翅膀，果然飞了起来。

这是我第一次从高处俯瞰地球。绿色的田野纵横交错，宛如一条条长丝带。琉科西亚消失在白云中，我追着她从蓝天中破空而出——这是我所见过的最美妙的游戏！妹妹躲在一棵松树顶上，我追上了她，风在耳边呼啸。我们在空中自由翱翔,如醉如痴,一时间忘记了我们那失踪的朋友和自己肩负的使命。

紧接着,一阵紧迫感涌上心头。我们仔细搜索着每一座山丘、每一个村庄、每一片海滩,即使是海边的船只也不放过。很多次,我们以为看到的那个年轻女孩正是我们的朋友,可每当我扑向其中一个的时候,就会响起一声惊恐的叫喊,于是我每次都失望而归。短短几天,树上的叶子飘落了,麦子也干了——宙斯将大地丰收的任务交给得墨忒耳负责,但她却什么都不管了。

"我们还是回到最初的地方吧。"琉科西亚终于向我建议道,"科瑞可能就在那里。"

虽然对此我深表怀疑,可我和她一样,实在不知道该往哪儿去找了。

我们回到原处,只见田野里一片枯黄。得墨忒耳正在那等着我们,她高大、严肃,眼下带着黑眼圈。

她看着我叫嚣着:"我让你们找到科瑞

再回来,神命难违,我女儿在哪里?"

我垂下眼睛回答道:"我们找遍了整个希腊……"

"我再说一遍,她在哪儿?"

"哪儿都找不到她。"

得墨忒耳怒吼起来:"你们的父母再也见不到你们了,你们也将无法再见到他们了。哪儿都找不到!啊,对了,还有一件事:从此以后,只有水手的肉才能填饱你们的肚子,永别了。"

女神消失了。

可怕的震惊感传遍我的全身,我的所有血管好像正在爆裂,仿佛有一把镰刀割断了我的胳膊和小腿。

我一下子昏了过去。

不知过了多久，我醒了过来，还躺在那片枯黄的草地上。夜幕降临，我身边躺着一个丑陋的东西。起初我并不知道它是什么，直到我看到琉科西亚的小脑袋长在一只大鸟身上，组合成一个妖怪，一个长着翅膀的妖怪。

"可怜的姑娘。"这是我的第一个念头。

"那我自己呢？"我的第二个念头随之而来。

这念头萌生出一阵寒意，把我浑身的血液都凝结住了。

我低头去看自己的双脚，只看到两只鸟腿，每只还长着利爪。

就这样，得墨忒耳女神把我们变成了人头鸟身的塞壬。

第三章
梦境

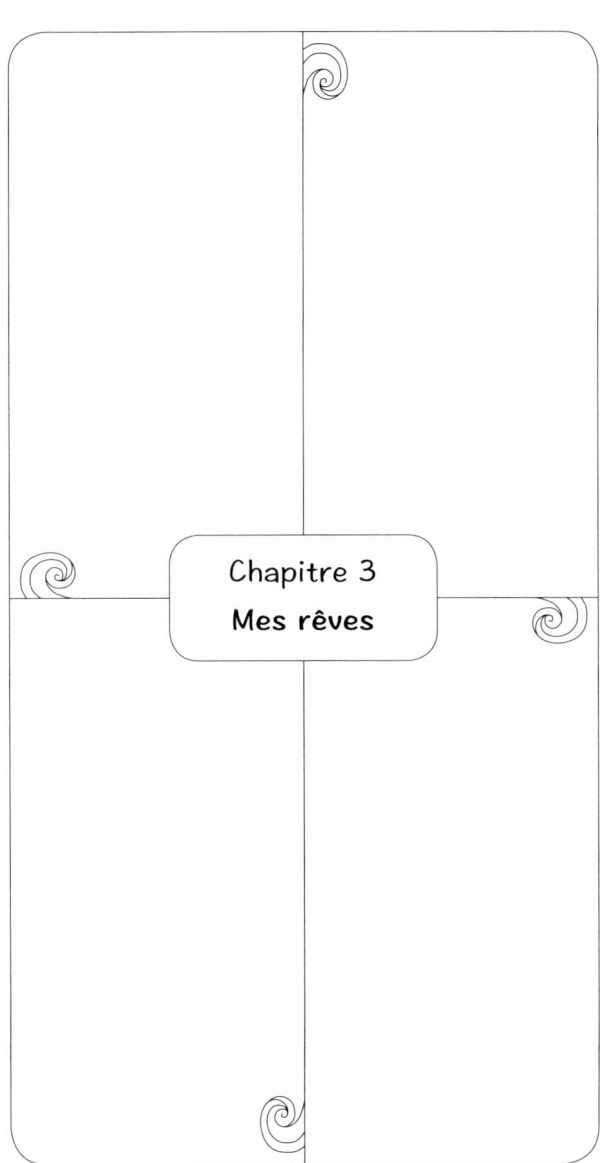

Chapitre 3
Mes rêves

"利革亚?"

琉科西亚悦耳但不安的声音,透着一股神秘的距离感,朦朦胧胧传到我的耳中。

"利革亚?你能听见我说话吗?"

我大概是病了。我们的母亲就要来了,她会用一块冰凉的毛巾盖在我发烧的额头,唱起摇篮曲伴我入眠。

"好姐姐,睁开眼吧,我求你了!"

我乖乖地睁开双眼,但又立刻合上了。哦,不,我并没有从噩梦中醒来。有些噩梦虽说会缠绕着你,可一旦梦醒了,你就会如释重负,回到甜蜜的现实。相比之下,变成半人半鸟的怪物才是真正的噩梦。就算我闭上眼睛,就算我已完全清醒,现实还是活生生地扼住了我的咽喉。我们的巢穴正散发出阵阵恶臭。

"你又做梦了吧?"琉科西亚喃喃问道。

是的,我又做梦了。我每次醒来,都恨她入骨——假如我妹妹没有跟得墨忒耳提起翅膀的事,我们没准就不会变成这个鬼样子。

我低声说道:"要是科瑞重新出现,是不是一切都会恢复原样?"

可妹妹的回答很快就飘进了我的耳朵:"你明知道我们找不到她。"

是的,我知道。

听到自己的声音让我感觉舒坦,更何况我们两个在一起,凡事有难同当。一个人独自面对只会更糟。凡事没有最糟,只有更糟,不是吗?

琉科西亚把我心知肚明的真相又说了一遍。可能她需要有人听她唠叨:"科瑞被哈得斯抢走了,他将这姑娘拖到地下,带到他的冥界王国。神灵们托梦告诉我的就是这些。科瑞,我们亲爱的朋友,一年中有半年都得住在地下!她肯定也想再一次到希腊的草地上开心地跳舞!"

夜幕降临,我们的第二个折磨来了:每当我们吃掉一个人,我们晚上睡觉就会做梦。肯定是得墨忒耳送来了这些梦境,为的是让我们多受一些折磨!

正当我梦回美好的黄金岁月,琉科西亚则跟随我们的朋友下到冥府,科瑞已成为那里的冥后,改名叫珀塞福涅。

要是我们待在原地不动,我们就会发疯。于是,我们拍拍翅膀,离开了洞穴。

海风抽打着礁石的顶部。

我呼喊道:"来吧!我们一起去云海里遨游吧!"

我们飞到空中,整个世界突然变美了:海鸥和海鸟在我们身边盘旋;我在寒风的呼啸声中放声高歌。就在这一刻,我自由了。

距我们上次饱餐已经过去了好几个星期。每次做完梦,吃饱喝足,我的感觉就还不错,算得上飘飘然了。但好景不长,饥饿感很快又回来了,深不见底,迫不及待。可如今所有船只都躲得远远的,避开了我们巢穴附近的海域。那位死里逃生的老水手,和他之前的幸存者一样,定是痛苦万分地回到了自己家中。他定是向村民们讲述了自己同伴的可怕结局,定是提起了我们,提起了那两个会飞的怪物,唱着歌就能致人于死地。我真的是这样吗?恐惧蔓延到各家各户,渔民们没准更改了航线,离我们这片远远的。

琉科西亚变瘦了,我想我也是。我饥肠辘辘,最轻微的声响都会让我神经紧张,甚至妹妹的歌声都能把我惹毛了。我要把她撕成碎片,拔光她的羽毛，把她烤着吃了。

不能。

当然不能。

我太爱她了，做不出这种事。

水中的鱼儿不在意我们的歌声，它们还是对浪涛比较着迷。我贴着海浪飞行，总算用爪子抓住了一条银背鱼。我们的骨头堆里很快就增加了几根鱼骨头。实在没什么可吃的时候，我就从岩石上剥几个贻贝下来，砸碎它们的壳，囫囵吞下黄色咸涩的贝肉。琉科西亚不得不用同样的方式在稍远处找吃的。我不想和她说话，满脑子只想着吃：咬住、嚼碎、吞下、啃食、吮吞、细嚼慢咽、狼吞虎咽……饥饿感慢慢膨胀，逐渐填满了我的胃！

外面暴风雨肆虐，定是宙斯在天上发了雷霆之怒。我们躲在冰冷的洞穴里，蜷缩在礁石的空洞里。我好怀念从前橄榄树林里的小茅屋！琉科西亚紧紧依偎着我。我们已经好几个星期没吃到水手肉了，最后吞掉的那条鱼也成为久远的回忆。我们会这么饿死吗？我们要是死了，定会让人类松一口气。可从此以后，谁会吟唱我们悲伤的故事？谁会悼念我们？

第四章

阿耳戈号

Chapitre 4
L'Argos

在激荡不已的茫茫海面上,一个黑点随着波涛时浮时沉。这不是鲸鱼,因为没有喷出任何气流。那会是巨鲨吗?也不是,鲨鱼不会停留在海面上。难道是一头好奇的章鱼?我被饿得昏了头,开始胡思乱想!

突然,琉科西亚用力摇晃我:"喂!在那边,看到了吗?那远处,应该是艘大船吧……"

那就意味着满满一船的好吃的,肉质鲜美,香气扑鼻……

我抖了抖身子,被这些疯狂的念头吓坏了。那个昔日的小姑娘哪儿去了?

妹妹面对我沉默的样子,继续说道:"你在生我气吗?"

"当然没有!"

我再次抖抖身子,朝着她微微一笑。在饥饿感的啃咬之下,我已经彻底沦陷。

我们飞了起来,任由海风托举起我们轻盈的身躯。

成群的海鸥在天空中盘旋,发出叽叽喳喳的叫声。这些海鸟窥伺着,总是在最近一次捕鱼作业附近出现，捞点剩下的鱼虾充饥，它们正好为我们指路。可我们很快就看不到它们了：在浓雾笼罩之下，周围一切都仿佛裹着一团灰蒙蒙的棉花。它们刺耳的叫声指引着我，越来越响，直到震耳欲聋。我们到了。

船桅很高，刺破低矮的云层耸立着。我们停在了桅杆上，暂时还用不着唱歌。因为雾气太重了，水手们即使现在落水，我们也无法将他们从海里捞出来，那他们就会白白淹死。还是等到天空放晴再行动吧！

琉科西亚悄声对我说："我们这回至少要抓两个，屯着以备不时之需！"

下方甲板上，一个低沉的声音叫了起来："我们前进的速度还不够快！划船的伙计们，你们在打盹吗？难道阿耳戈号上躺着五十个睡美人？"

另一个声音升起，如同一剂定心丸："冷静点，伊阿宋，我来想办法。阿耳戈号很快就会像风一样飞起来，我向你保证。"

"好主意,俄耳甫斯。"

我听到一种节奏,正从下往上慢慢升起:砰、砰、砰……

下方的甲板上诞生出一种看不见的律动。那个名叫俄耳甫斯的家伙正在反复演奏一种缓慢的音乐,他可能是在敲鼓。

渐渐地,节奏出现变化,开始加速:砰、嗒、砰、嗒……

一阵凉意传遍整艘木船,向上传递直达我们身上。

木头在强大的节奏下发出回响,船夫们应着节奏加快了划桨的动作。

俄耳甫斯敲鼓的速度越来越快:扑通、扑通、扑通……

紧接着,一个背上长着翅膀的年轻人跳到半空中,同我们的高度持平!我把脸藏在翅膀下,让自己看起来就像一只睡着的普通鸟儿。

他叫嚷起来,对不知什么人说道:"卡莱伊斯,要是父亲朝着这浓雾稍微吹口气,我们就可以比较安全地继续我们的航线!"

另一个人长得和他一模一样，就像两滴海水似的没有分别，飞到他身边说："亲爱的仄忒斯，我们可以试着叫他。嗯，等一下……玻瑞阿斯，我们亲爱的父亲，北风之神，请帮助你儿子和他们的伙伴摆脱这片厚重的云层……"

一股冰冷的气流突然在我周围回荡起来，驱散了浓厚的雾气。

"好吧，卡莱伊斯，你说到点子上了！真棒！"

"谢谢您，父亲！"

兄弟二人飞了下去，看都没看我俩一眼。我的目光追随着他们：他们让我想起了自己长着翅膀满希腊寻找科瑞的短暂时光。

他们降落在下方十米处。云开雾散，那艘大船终于出现在我的视野中：船上至少有五十名船夫，个个都年轻健壮，身子闪闪发光。他们可能是半神，就像卡莱伊斯和仄忒斯一样。要真是这样，他们的肉质只会更鲜美！

现在划船的节奏很稳定，船速快得仿佛在飞，可却不是笔直向前……

"赫拉克勒斯，你划得太猛了！"俄耳甫斯在两记鼓声间隙大叫了起来，"控制一下你的力量，不然我们迟早会陷入困境……"

船舱里爆发出阵阵笑声，他们的声音将我包围，他们的快乐让我不知所措。

我转向琉科西亚，低声对她说："要不我们放弃吧？"

她用严厉的目光看着我："你是在开玩笑吧？这么多人，你选好哪一个了吗？"

我叹了口气,她说得对,我们总得喂饱肚子,让我们来看看……

"那边那个高个子,正在卖力划船的那个。"

"你是说赫拉克勒斯?"

"是啊!他不肥不瘦,个头正好,不是吗?你会选哪个,琉科西亚?"

我突然悲从中来,我既想扑向他们,又想逃离自己的命运。

"我实在太饿了,能把全部船员一口吞了!让我们来放声歌唱吧!为他们唱首安魂曲,我的好姐姐!"

第五章
俄耳甫斯的歌声

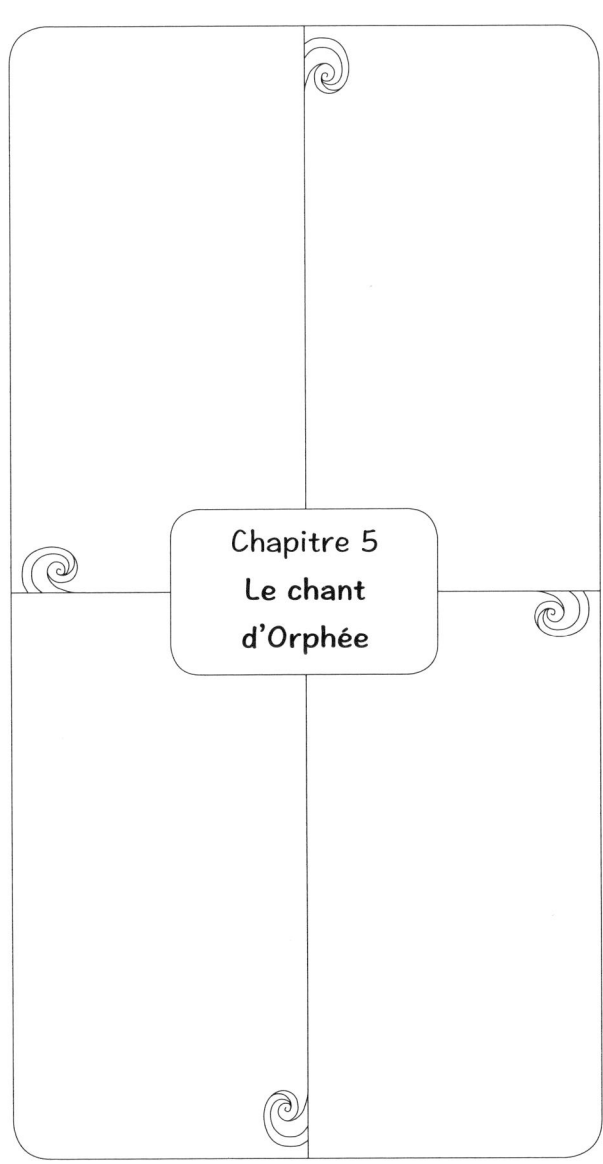

Chapitre 5
Le chant d'Orphée

俄耳甫斯敲鼓的力道减弱了,他们已经达到巡航的正常速度。天气转晴,阿耳戈号应着划桨的节奏顺风前进。我在这些毫无戒备的水手上方盘旋……我只需看一眼琉科西亚,就足以达成默契。我们的嗓音在海风中汇合,编织出一张致命的大网:

君自希腊来,
扬帆济沧海。
且听我俩把歌唱,
纵情来我温柔乡!

我飞过船头时,船首雕像突然复活了。可它居然是木头雕的!我大吃一惊,翅膀顿时不听使唤。

我头晕目眩地落在这尊半身女雕像身上。一个低沉的声音从她的嘴里响起:"阿耳戈的英雄们,你们要当心了,大难就要临头,它来自天上!雅典娜女神命令我警告你们。"

"什么?什么?我们该怎么办呢?"为

首的年轻人伊阿宋问道。

木头雕像回答道:"俄耳甫斯,开唱吧。赶紧的!只有你的金嗓子才能救下全体船员!"

俄耳甫斯赶忙跑去拿他的竖琴。船员们都躁动起来,惴惴不安,船行速度减慢了——太棒了,这艘船在我们的礁石周围停留的时间越长,我们就有越多的时间来引诱这些英雄中的某一个。

我用心放声高歌,力求它动人心魄;我把所有痛苦、所有欢乐都投入其中,琉科西亚为我伴唱。我俩水晶般的音色相互映衬,缠绕在一起,整个时空都颤动不已,仿佛时间都暂停了。

君自希腊来,
扬帆济沧海。
柔情蜜语把歌唱,
请君来我温柔乡!

几个船夫从座位上站起来,怅然若失,

仿佛正在凝视真实的自己。

可与此同时，一个低沉的声音响起：这是俄耳甫斯在手握竖琴自弹自唱，他的嗓音真柔美！

水鸟、海豚、塞壬们，
请君听我一席言；
伊阿宋的伙伴们，
请君为我倾耳听！

我闭上嘴听他唱歌，琉科西亚的声音也消失了。真奇怪……说实话，除了俄耳甫斯，现在我根本听不到其他任何声音，就连鸟儿们都沉默了。海浪回归了平静，船夫们都把头转向俄耳甫斯，那些原本被我吸引的人又坐了下来，神态自若。俄耳甫斯继续唱道：

请君为我倾耳听：
别理会半人半鸟，
不要怕怒海惊涛，

阿耳戈号才是你们的家……

"利革亚！利革亚！"

有人在叫我名字？

这是妹妹在我身边飞旋。

"不要让俄耳甫斯迷惑我们！"

她说得对，我们必须歌唱，赶紧的。我们继续唱起来：

请君来我温柔乡，
阿耳戈的水手们，
别理会俄耳甫斯，
跳吧，跳吧，快跳吧！

在我们的歌声之下，有些船夫的眼神再次蒙眬起来。可俄耳甫斯这金嗓子丝毫不松口，这回，他的声音弥漫到整个海域，没过了我们的位置。

我叹了口气："一物降一物，我们碰到对手了。"

可琉科西亚没有放弃希望："我们飞上

云端吧,他们会以为我们走了,然后再来个出其不意……"

此时的阿耳戈号上,一切恢复原样:船首的女人变回了雕像,船夫们也恢复了干劲儿,俄耳甫斯的歌声逐渐变得柔和起来。最后,他放下竖琴,不再唱了。机不可失,时不再来!

我们折返回来,铁了心,再次疯狂地唱起来:

阿耳戈的水手们,
我们为你们歌唱,
请君来我温柔乡,
请君为我倾耳听!

"部忒斯,不要!"

声声呼唤,从一个又一个桨座处传来。那个名叫部忒斯的阿耳戈英雄被我们的歌声迷住了。我们终于成功了!他起身站起来,跑过甲板,一头跳进海里。他是我们的了!

他游了几下，消失了片刻，那湿漉漉的脑袋紧接着就浮出了水面。再过一会，等我们用爪子抓住他时，他就不会再抵抗了。

可事与愿违，阿耳戈号上响起一声叫喊："部忒斯得救了！"

为什么？怎么会？

天空中，一个圆点出现在海平线上，它正在全速变大。它的速度太快了，不可能是一只鸟。它慢慢靠近，越来越近。我现在可以看到，一个身形巨大的女人正以极快的速度朝着我们飞来。她金色的长发随风飘扬，碧绿的眼睛一眼就能穿透我们，我从未见过这样的绝色美人。没错，她是阿佛洛狄忒！美神看都不看我们一眼，而是朝着溺水者俯冲下去。

我们会让他逃掉的！我朝着琉科西亚喊道："我们这就下去，快点！"

我们冲向部忒斯，他还没有彻底断气。可阿佛洛狄忒的速度更快，把这不省人事的男人抱在怀里，转眼就远去了。在阿耳戈号的甲板上,他的同伴们欢呼雀跃,衷心感谢女神救了他们的朋友。

看样子,阿耳戈英雄受到了众神的庇护,我们没法对他们下手。他们的船正在远去。要不就忘了这一切吧?我可以像部忒斯那样一头扎进水里,潜入大海深处……从此再没有饥饿、愤怒和懊恼……

"姐姐!"

琉科西亚的声音让我回过神来。我看

着她在我周围盘旋。

"来吧,我们回去。"

我听从了她的话,我已筋疲力尽。或许,这次我违背了自己的意愿,保留了一丝人性。

我俩就这样一无所获,回到了自己的巢穴。

眼前的大海茫茫无际,空空荡荡,就和我们的肚子一样。

第六章
海妖塞壬的宿命

Chapitre 6
Le destin des sirènes

我在礁石的顶端待了好几个小时，一直在做梦。阿耳戈号是我们唯一一次失手，是我唯一一次失手。我本应该唱得更好的，我们本应该战胜俄耳甫斯。如果我们不再是天底下最好的歌手，那我们还能是谁？就只是怪物而已了！几个星期以来，再没有船只出现，对此我很高兴。我再也不想诱捕猎物，甚至都不想吃东西，只要在这里就够了。

今天早上，琉科西亚把一条鲜活水灵的金枪鱼摆在我面前。我心不在焉，几口就吃完了。那我的妹妹，她吃了什么？我太累了，没力气问她。

我看到她正用担心的眼神看着我，想办法温暖心灰意冷的我："利革亚，我们拿阿耳戈英雄没办法。就连海浪都对俄耳甫斯的歌声俯首称臣，更何况是我们！输了就输了呗！"

我盯着她看，她转过头去。自从我们失手以后，是什么支撑她到现在的？

定是善解人意的好妹妹这个角色给了她力量，只听她坚定地说："我不能看着你消沉下去，利革亚！"

"为什么不呢？"

"因为我们是姐妹,有福同享,有难同当!"

接着,她轻声唱起歌来。这一回,她唱的不是那首杀人如麻的迷魂曲,而是一首甜美的歌,可能是小时候妈妈唱给我们听的摇篮曲。这一切都让我觉得恍若隔世。

我沉浸在海妖塞壬琉科西亚的甜美嗓音之中。

"不要唱了!"

我拒绝这种甜蜜,因为我是一只半人半鸟的怪物,我饿了,我恨我自己。

可琉科西亚还在歌唱,可能是为了她,也可能是为了我。这首古老的歌谣……我也慢慢唱了起来,我俩的声音交织在一起。

距离我们上次失手已经过去多少天了?我不知道。今天早上,远处出现了一艘小渔船,慢慢朝着这边靠近。它就在那里,就在我们眼皮底下,我们只要出手就能成功。我妹妹张开翅膀飞了起来。

她转身等着我，开始埋怨："你要是不来，那些阿耳戈英雄不就赢了两次吗？！要是因为这点挫折就灰心丧气，我们将一事无成！"

她张开双翼，冲向空中，疯狂地唱起我们的战歌。断断续续的歌声随风吹进我的耳朵里。

我不想牵扯进去。

水手站了起来，在小船上摇摇晃晃，他在犹豫。他听着歌声，任凭海浪拍打，随后慢慢坐下。琉科西亚唱啊唱啊。没有我的帮助，她注定会失败的，我很清楚这一点。

我再也受不了了："我来了，琉科西亚！"

风在耳边呼啸，托着我，载着我直上云霄，我陶醉其中，苏醒了过来。

过了一会儿，在我们的巢穴深处，我们吃完了血淋淋的美餐。几天来第一次，我们心里充斥着满足和厌恶感，就像从前一样。

可今天不同，因为我们差点儿失败了。

我喃喃地对妹妹说："原谅我曾丢下你一个人战斗。"

"我不怪你。"

"没有人能抗拒得了我们。"

"希望如此。"她叹了口气。

"人类还能找到什么新花样来对付我们？俄耳甫斯不会打这儿经过两次的！"

我们注定要回到饱餐和噩梦的无限循环之中。

这就是海妖塞壬的宿命。

第七章
失手

Chapitre 7
Nos échecs

从昨天开始，海平面上出现了好几艘战船，它们都来自东方。等到其中一艘稍微靠近些，我们就能借机看个真切：这些船很庞大，几乎和阿耳戈号一样规模。但这些船的船体状况不佳，船帆也破烂不堪。好多船夫正在齐心协力，使劲划船。我俩对那些阿耳戈英雄记忆犹新，以至于现在都不敢和这些新来的针锋相对。不管怎么样，他们正在小心翼翼地绕过我们的礁石——自从我们变成这副鬼样子，造成了这么多惨案，任何水手都不应该不知道我们的存在。

我问妹妹："我们的法力还在吧，琉科西亚？"

我禁不住心生疑问。俄耳甫斯的歌声时常在我耳畔响起，宛如天籁；相比之下，我们发出的声音像是可怜的蛤蟆叫。

"自从引诱俄耳甫斯失败以后，我们曾把一个渔夫引到海里，你还记得吗？"

"我当然记得，那一次，我们不得不齐声合唱，才能扰乱那可怜人的心神。单靠琉科西亚一个成不了事！不用说，眼前的希腊战士们肯定更加顽强。看着他们船只的状况，想来他们不久前刚经历过海战,面对威武不屈的对手,差点儿丢了性命。没错的,不过……既然他们绕道避开我们,就说明他们对我们心存畏惧。我们可不能让他们失望!

可他们离我们实在太远了。假如我们贸然飞过去,就可能没办法把猎物带回到礁石上了。我们只能目送着他们,眼中满是惆怅。我们注定要饿死在这里吗?饱餐一顿和随之而来的噩梦,哪一个更可怕?

我在黎明时分醒来,浑身发麻。几片云彩飘荡在满月前,浸没在初升太阳的橙色光芒中。我离开我们的巢穴,爬上礁石的顶端。眼前的景象让我吃惊:一艘希腊船正朝我们驶来。虽说还远着呢,可航线却是毋庸置疑的。这艘船迷航了?或许,水手们已弃船而去,任凭它在海浪中独自漂流?

琉科西亚和我坐在一起。她眯着眼睛,一动不动,就像块石头。

我们会看到甲板上的活动、忙碌的水手，划船的船夫吗？

"你看到了什么？"她突然问我。

我漫不经心地回答："这艘船情况不妙！它定是在狂风中航行了很长时间。"

我妹妹不耐烦地拍打起翅膀："我跟你说的是那些人，那边，就在那破烂的甲板上！我从没见过这样的情形……"

现在轮到我警觉地眯起眼睛了。到目前为止，是黎明的曙光让我眼花，还是我分心没仔细看？我终于发现是什么让妹妹感到困惑了。

我缓缓开口说道："有个男的被捆在桅杆上……"

"没错！"

"他正朝着我们这边看过来。"

"你听到什么了吗？"

我竖起耳朵仔细听，似乎远处有个声音在呼唤着："海妖塞壬……海妖塞壬……"

我把头转向妹妹，她浑身的羽毛因兴奋而颤抖起来。

她放低声音，仿佛那男人能听到我们说话

似的:"他们把这个囚徒当作祭品献给我们!这人被吓傻了!叫我们赶快了结他呢!你说呢?"

没错,这是唯一的解释!他的同伴们把他献给我们,换来自己活命。

我们飞了过去。船只离我们越来越近,我们飞了没多久就到了。我们静静地在上空盘旋,等着被捆绑的人被扔进海里,供我们饱餐一顿。可什么都没发生。他直勾勾地盯着我们,仿佛要把我们一口吞了,而其他水手在各忙各的,就像没事人似的。说白了,都当我们不存在。

真奇怪,他们失去理智了吗?

那算他们活该,他们会在我们巢穴附近的浅滩撞个头破血流。我们放声高歌的时候到了:

在哈得斯的王国,
在地狱,在冥界,
你们的灵魂会得到安息。
君从希腊来,
来我温柔乡,
且听我俩把歌唱,
浓情蜜意化不开,

英勇的希腊战士们,
且听我俩把歌唱!

什么事都没有发生。我们真的失去法力了,还是说这些人都是聋子?

这太反常了……他们每个人都在继续各忙各的,就好像没听到我们唱歌一样。

被牢牢绑在桅杆上的那个人听到了我们的歌声。他四处扭动着身体,瞪大眼睛盯着我们。

他的身体躬起,朝我们喊道:"来找我呀,亲爱的海妖塞壬!我想听你们唱歌,直到气绝为止!"

一名水手注意到他的躁动,便走近他,收紧了阻止他活动的绳索。难道说这是一种新发明的酷刑?

我靠近其中一个船夫,在他耳边唱了起来:

来吧,希腊的水手,
海妖塞壬在等着你,

浓情蜜意化不开，亲爱的希腊勇士……

无济于事。

毫无反应。

琉科西亚选了另一个水手尝试，还是一无所获。我们面面相觑，这是什么法术？莫非奥林匹斯山诸神对他们施了魔法？

桅杆上的囚徒挣扎得更厉害了，汗珠顺着他的太阳穴滚落，他看起来筋疲力尽，他没法随我们而去，真是太可惜了！这张布满岁月痕迹的骄傲面孔真讨我喜欢。

一阵焦虑突然抓住了我。继阿耳戈号之后，这是不是众神给我们送来的另一个不可能完成的挑战？这些水手径直朝我们驶来，毫无畏惧，静静观察我们，却不为我们的歌声所动，秘诀是什么？他们的目光中透着厌恶。

于是，我闭上嘴不唱了，我身旁的琉科西亚也停止了她的迷魂曲。

我们又一次失手了吗？

第八章
终结

Chapitre 8
Fin de l'histoire

自打我们闭上嘴,绑在桅杆上的那个人就放松了。不过,新的痛楚很快出现在他的脸庞。

他哀求我们:"继续唱呀,海妖塞壬!为我而唱!"

我朝他喊道:"为逗你开心吗?"

"当然啦!"

我难以置信地看着他:他以为自己眼前是两个吟游诗人,那些向希腊公众唱诵非凡冒险经历的诗人吗?我们难道是为了吃饭在这里卖艺吗?

琉科西亚沉下脸,唱起歌来:

被绑住的希腊人,
告诉我你的名字,
我会送你上西天,
送上你的小鲜肉,
让我一口吞掉你……

囚徒再次扭动身体,试图挣断勒进他皮肉的绳索。他很痛苦,好像没听懂我们的话语里透着残忍。他不顾危险,就跟过去听到我们唱歌的每个倒霉鬼一样。

我朝着妹妹喊道:"来呀!"

我们冲向绳索,可两名水手早就猜到了我们的意图,挥舞长矛将我们赶走。我们没办法为这个到嘴边的猎物松绑。

接下来是一阵沉默。无论天意如何,我们都败局已定。我们输了,还有什么好唱的?

我们站在桅杆上,我问道:"告诉我们,人类,你们制胜的秘诀是什么?"

囚徒微微一笑,看起来高兴得发了疯:"我想听你们唱歌……可我不想死,我就有了一个主意。大家不是都叫我足智多谋的奥德修斯吗?"

"那你的计谋是什么,奥德修斯?你把这些人的耳膜都刺破了吗?"

他笑了起来:"当然没有!只要我们一离开这鬼地方,他们的耳聋就会自动痊愈。"

琉科西亚叹了口气:"我不明白你说的,你疯了吧?"

"说真的,我可能是疯了,也可以说变

得充满智慧……离家之后,我已经经历了这么多次历险,我不知道……"

"那你倒是说说看!你都做了什么?"

"我和其他希腊首领围攻特洛伊城,有十年之久……最后我们赢了。"

琉科西亚指出:"这么说来,你的肉一定很硬了。"

"简直是难以下咽,像老腊肉一样硬得咬不动!"奥德修斯盯着我的妹妹,开起了玩笑,"我可不想勾起你的胃口。"

接着,奥德修斯向我们讲述了他的奥德赛之旅,我跟着他的话语纵横四海。现在轮到他来迷惑我们了。我们拿他毫无办法,因此他有足够的时间滔滔不绝。他始终被牢牢绑在桅杆上,他的同伴们在忙碌的同时,用眼角的余光看着我们。

嘿,我们这下离礁石可有点儿远了……

奥德修斯向我们讲述了阿喀琉斯的愤怒,后者几乎让希腊人在特洛伊战争中败北。

他还讲到了他如何在女神雅典娜的帮助下制造巨大木马。我仿佛看到他和其他战士一起溜进这台装置的肚子里,用这诡计进入了特洛伊城。

我仿佛看到整座城市燃起熊熊大火,仿佛听到居民们被追捕时的呼救声;我仿佛看到希腊舰队离开了特洛伊城,一副胜利者的姿态。奥德修斯还讲到漫长的归程是多么让他不耐烦!

他讲到一半,歇息片刻。我环顾四周,我们离礁石已经很远了。

"我们也该回家了。"琉科西亚对我说。

她居然管茫茫大海中那块黑漆漆、光秃秃的礁石叫作"家"?谁会在我们那巢穴里等着我们?只有绝望。

我回答她:"我们有的是时间,我想听听故事的结局……"

奥德修斯再次打开了话匣子,带着我们的思绪飞去远方:他说到如何从独眼巨人那里偷羊,提起波塞冬的恶习,还有外族人居住的岛屿……

"可我们呢?"琉科西亚打断他问道,"我们呢?你从前知道我们的存在吗?"

"所有的水手都听说过你们。阿耳戈号的英雄们到处传颂俄耳甫斯是如何战胜你们的歌声的。"

面对着屈辱,我们忍气吞声,没有回应。

"可你还是来找我们了!"琉科西亚试探着说。

奥德修斯继续讲他的故事:这次我跟着他来到美丽的喀耳刻居住的岛屿上,那位法力无边的魔法师居然爱上了他。

这下我全明白了:"是她跟你讲了我们的故事……"

"是的。"奥德修斯回应道,直视着我的眼睛,仿佛在挑战一件他人未曾敢做的事情,"她向我夸赞你们的美貌,还提到了你们的迷魂曲。"

"然后呢?"

"我想亲耳听听你们的歌声……可我并不想因此送命。"

"水手们,喀耳刻也对你们施了魔法吗?"琉科西亚喊道。

"根本没有什么魔法。"奥德修斯回答说,"只有一条妙计:我把蜡滴到伙伴们的耳朵里。他们一旦取出它,听力就会像从前一样敏锐。"

我终于明白了。我替他讲完了故事:"你命令他们把你绑得严严实实的。这样你就可以安心听我们唱歌,却不受我们蛊惑,不会跑去跳海自杀。"

我望着大海良久:已经看不到我们的礁石了。

"你们的嗓音很迷人,海妖塞壬!你们的歌声让我欲仙欲死,我被感动得热泪盈眶,简直是神赐的礼物。"

神赐的礼物?

奥德修斯能想象我们那个遍地白骨的巢穴吗?

俄耳甫斯欺骗了我们,奥德修斯欺骗了我们,现在就连可怜的饱餐机会都被夺走了,我们还剩下什么?或许该来次最后的冒险了。琉科西亚盯着我看,她在等我一声令下,我敢肯定。

"我们会游泳吗,利革亚?"她问我。

"大概会吧!"

"要不我们试试看吧?我们拥有天空和大地,可海洋对我们来说,仍然是个谜……"

我喃喃说道:"永别了,足智多谋的奥德修斯!我们必定再也见不到对方了。别忘了我们!记得告诉人类,我们的歌声有多美。"

我们一头扎入大海,海水冰冷刺骨,可我们不在乎。多么意想不到的神奇世界!首先一切都是蓝色的,随后海水变成不透明的绿色;再往下,光线逐渐减弱,变成寒冷的茫茫黑夜。

就在看不见她之前，我对琉科西亚微微一笑，她也对我回报以微笑。是时候回到水面了，可我觉得好累……

就像我们的朋友科瑞一样，我们正身处无尽深渊，可死者的亡魂不会贸然进入大海。也许我们会死在那些被我们吃掉的可怜人的魂归之所？有那么一刻，我感受到了他们的痛苦，没有空气了，接着一切都停止了。

海妖塞壬的故事就要终结了……除非日后有这么一天，还会有男女老少回想起我们的遭遇，世代传颂我们的故事。

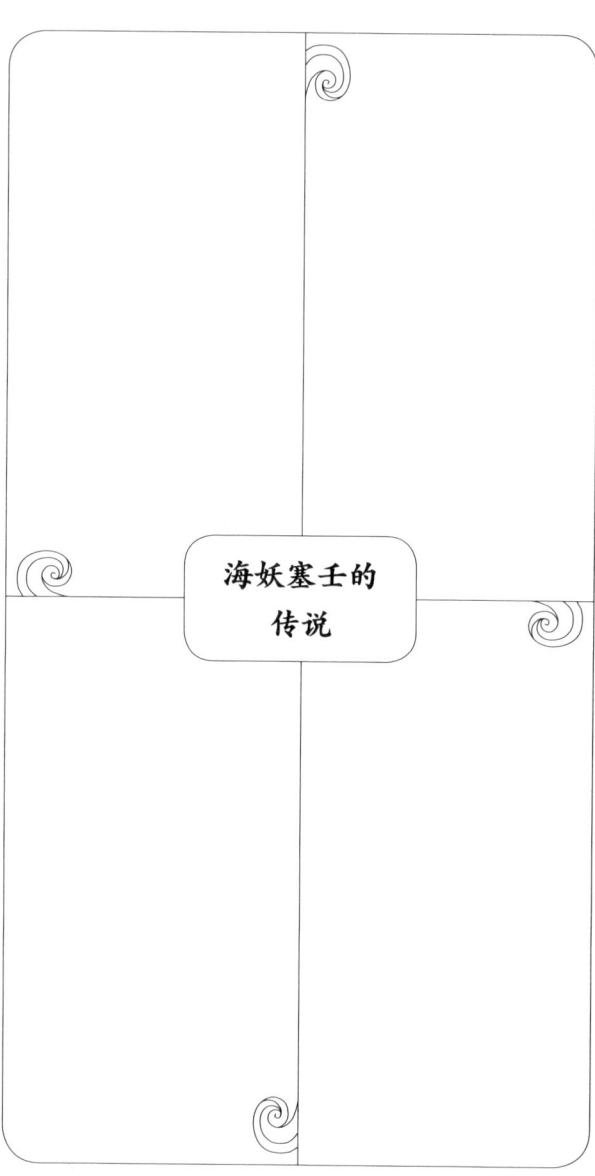

海妖塞壬的传说

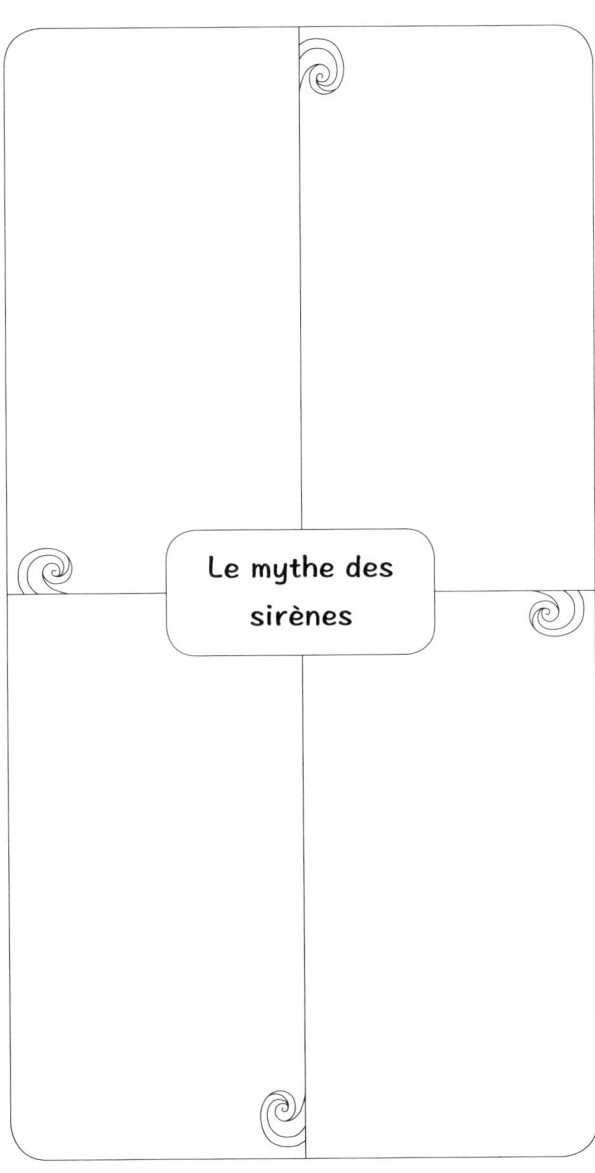

Le mythe des sirènes

你刚读完了海妖塞壬的故事，进入了她们的世界。大家总是心怀厌恶，远远望着这些"怪物"——这当然是可以理解的！可也许你想更深入地解一下她们的故事，那么这些故事又是如何诞生的呢？

什么是希腊神话？

神话讲述的是非凡人物的事迹。这些人物并非儿童传说中的英雄，而是整个民族曾经信奉的男女诸神：他们属于宗教的一部分。

在2000多年前的古希腊，曾经有过供奉宙斯、赫拉、雅典娜、阿波罗的神庙……也曾有过祭祀这些神灵的神职人员，以及向他们致敬的神圣运动会，比如著名的奥林匹克运动会就是献给宙斯的。

谁是海妖塞壬？

在希腊传说中，海妖塞壬是等级较低的神灵生出来的怪物。关于她们父母的身份，古代作者们众说纷纭。许多文献记载她们的父亲是河神阿刻罗俄斯或者福耳库斯；至于她们的母亲，通常传说是缪斯女神(缪斯女神有好几个，分别掌管各门艺术)，有说她叫墨耳波墨涅的，也有说叫忒耳普西科拉的。没有一座神庙供奉海妖塞壬，谁让她们在希腊传说中是实打实的负面人物呢！她们令所有水手胆寒，巴不得把他们一口吞了，确实让人爱不起来！

海妖塞壬就是美人鱼吗？

才不是呢！希腊神话中的塞壬为人头鸟身。可我们通常所说的"美人鱼"，则是人头鱼身，没

©Jastrow - 公元前480至前460年的陶罐图案，上面描绘的是绑在船桅上的奥德修斯正在与海妖塞壬交谈。

©Sylvie Baussier——法国诺曼底科唐坦地区一幢中世纪房屋正面的美人鱼木雕。

有腿。不用说,大家的错误想法一定受到了多重影响:一方面是因为丹麦作家汉斯·克里斯蒂安·安徒生(Hans Christian Andersen)于1837年所写童话《小美人鱼》的名气太大,另一方面还有沃尔

©Déborah Zitt 位于丹麦哥本哈根的小美人鱼青铜像,由艺术家爱德华·埃里克森(Edvard Eriksen)于1913年8月雕刻完成。

特·迪斯尼(Walt Disney)根据童话改编的卡通片以及其他相关主题影片的助推。在安徒生的童话中,小美人鱼想要获得永生,为此,她必须嫁给一位王子。女巫将她的鱼尾巴变成了腿,但她也为此付出了代价：美人鱼不得不把自己美丽的嗓音送给女巫作为报酬。这个版本的人鱼故事起源于中世纪时期斯堪的纳维亚童话。

英语中的两个词"siren"和"mermaid"（意为"水之女"），分别指代人头鸟身的塞壬和人头鱼身的美人鱼。这样就不会弄混了！

海妖塞壬是如何变成人头鸟身的？

在公元前8世纪长诗《奥德赛》中，诗人荷马只写到她们"坐在草地上"，周围是被她们吃掉的受害者的累累白骨。除此以外，并没有提到其他任何细节。可光这段描写就足以引人遐想了！我们可以推断，她们起初还是长着一副人形的，只是随着神话传说的演变，才慢慢变成了人头鸟身的样子，在绘画作品中尤为如此。

故事的来龙去脉

古罗马诗人奥维德在《变形记》中讲述了海妖塞壬变成这副样子的来龙去脉：她们原本是

无忧无虑的少女，谁知却惨遭不幸！谁叫她们有一天不小心得罪了丰收女神得墨忒耳(对应罗马神话中的刻瑞斯)呢！当时，她们正和得墨忒耳的女儿科瑞一同采花，不料科瑞被冥王哈得斯(对应罗马神话中的普路托)绑架到了冥府，也就是希腊人所说的灵魂归所。得墨忒耳盛怒之下便把她俩变成了人头鸟身的怪物作为惩罚。那么，她们有罪吗？没有！在我们当代人看来，她俩没有罪。说她们有罪，就好比说某件罪行的证人是共犯一样荒谬，甚至是不公平的。由于得墨忒耳没办法惩罚真正的罪魁祸首，也就是强大的哈得斯，她就转而向无辜者报复：悲剧发生时正在一旁玩耍的两个少女。

得墨忒耳在绝望中寻找她心爱的女儿。她把两个姑娘变成了半人半鸟的怪物，派她们飞到各地去找寻失踪的女儿。可一切都无济于事：哈得斯早已把科瑞带到了冥界，也就是他的地下王国。

科瑞在那里吃了一颗石榴籽，从此注定要永远留在那里(不能吃冥界的任何东西，可她并不知道这一条规矩)。为此，得墨忒耳拒绝工作：只要见不到女儿，她就不会再管大地上的收成。

从此,地上不再长任何东西。众神之王宙斯不得不出手重整纲纪!他做出了以下安排:一年中有半年,科瑞将以珀塞福涅的名义和她的丈夫哈得斯一起留在冥界。在这段时间里,得墨忒耳不再工作,草木都不会生长——这就是冬季的由来;在另外半年,科瑞将重返地面与母亲团聚,开心的得墨忒耳会在这段时间内让万物复苏——这就是夏天的由来。

海妖塞壬住在哪儿?

自从她们被想象成人头鸟身的模样,传说故事就把她们的住处设定在茫茫大海中的一块礁石上。这座小岛可能位于意大利海岸,靠近南部的索伦托半岛。也就是说,拥有致命力量的生物正在海上某处窥伺着……这反映出希腊水手们对变幻莫测的海洋心存畏惧,一切都有可能发生。他们扬起船帆、划桨航行,天气恶劣、狂风大作、危险四伏,他们心里非常明白:自己可能在某次航行中将有去无回。

海妖塞壬和奥德修斯

正如上文所述,这些迷人的生物首次出现在记叙奥德修斯漫长旅行的荷马史诗《奥德赛》第十二卷里面,关于海妖塞壬最著名的记载就源于这个故事:特洛伊战争结束后,获胜的希腊英雄奥德修斯用了十年时间才辗转回到故乡伊塔刻岛,他是该岛的国王。回程途中,他遇到了巫女喀耳刻,后者警告他要提防海妖塞壬,因为那些歌声曼妙的诱人尤物会引诱水手们落入她们的

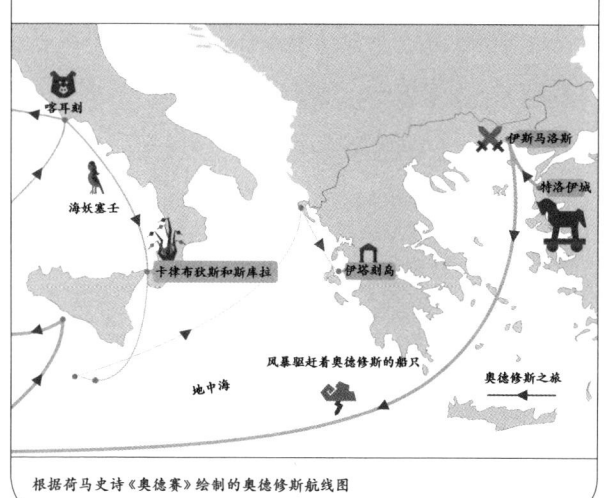

根据荷马史诗《奥德赛》绘制的奥德修斯航线图

© National Gallery of Victoria – 《奥德修斯与海妖塞壬》，约翰·威廉·沃特豪斯（John William Waterhouse），1891年。澳大利亚墨尔本维多利亚州国立美术馆藏。

圈套。喀耳刻还告诉了奥德修斯一个破解塞壬法力的秘诀：只要把自己绑在船桅上，即便听到塞壬的歌声也不会丢掉性命；同时命令同伴们在自己的耳朵里滴上蜡，这样他们就不会听到任何声音，自然也不会禁不住诱惑而跳水身亡。奥德修斯听从了喀耳刻的建议，活着听完了海妖塞壬的迷魂曲。

为什么海妖塞壬如此危险？

人们经常提起她们嗓音曼妙、歌声动听，还

会弹奏竖琴(可她们并没有手,用翅膀和爪子弹琴可不容易……),因此觉得她们很危险。可这真的是正确答案吗?这些奇特的生物既属于人类(她们是女人)、属于天空(她们是鸟类),也属于海洋——她们引诱水手跳海并杀死他们。另外,她们杀人如麻,也就是说,她们是人世和冥界之间的一种纽带。她们无所不知,因而法力无边,这才显得非常危险。

故事出处

在荷马的《奥德赛》长诗中,第一次出现了有关海妖塞壬的记载,却没有写出她们的确切名字。后来,陆续有作者讲述这些怪物拥有迷人的嗓音:例如公元前4世纪希腊哲学家柏拉图的对话录《克拉底鲁篇》、公元前3世纪希腊人阿波罗尼奥斯的《阿耳戈英雄记》、公元前2世

©Jastrow - 传说中的荷马头像——乔治·索默(Giorgio Sommer,1834—1914)的雕塑作品

纪阿波罗多罗斯的《书库》、公元前1世纪古罗马奥维德的《变形记》等。荷马史诗中提到了两个海妖塞壬，柏拉图的故事里则有八个，不过最常见的版本是三个，而且她们各有分工：第一个演奏竖琴，第二个吹双笛，第三个则负责唱歌。

笔者选择保留原始记载中的数目，即两个，并将她们起名叫"利革亚"（意思是"清透的嗓音"）和琉科西亚（"肤色雪白的女子"），这两个名字曾在阿波罗尼奥斯的故事中出现过。

为什么在本书中将她们拟人化？

希腊神话将海妖塞壬写成任人摆布的棋子：她们既是海上旅行危机四伏的象征，又是杀人魔的化身。可我们不要忘了，她们有一半是人。

不妨想一想，这些注定孤零零等着猎物上钩的生物会有什么感受？尽管她们被神灵下了诅咒，可说到底也有喜怒哀乐，我们不妨关注一下她们的命运，看看究竟是怎么回事？我们可以想象一下，远离所有人生活在茫茫大海之中，会是怎样一种噩梦。

曾经无忧无虑的少女变成了嗜血的怪物,这是为什么?只因她们犯了一个错误:在错误的时间出现在错误的地点。

希腊神话中其他人头鸟身形象

鹰身女妖哈耳庇厄也被描述成人头鸟身,不过她们可没什么魅力,也不会唱歌,不懂得引诱水手之道。她们的职责只是让那些不服从神灵的人遭殃。在寻找金羊毛的旅程中,伊阿宋和阿耳戈英雄们遇到了盲眼占卜师菲纽斯——正因为他具有预知未来的巨大法力,没有管住自己的舌头,向不知情的人类透露了太多的秘密,所以遭到神灵惩罚,被弄瞎了眼睛。人类胆敢和神灵叫板?那还了得!于是,众神派出了一群可怕的鹰身女妖哈耳庇厄,这群怪物负责每天糟蹋菲纽斯的食物,让他没法吃喝。阿耳戈英雄们帮助菲纽斯摆脱了这些妖怪,作为回报,他们获得了宝贵的信息,提前了解到旅途中潜伏的各种危险。

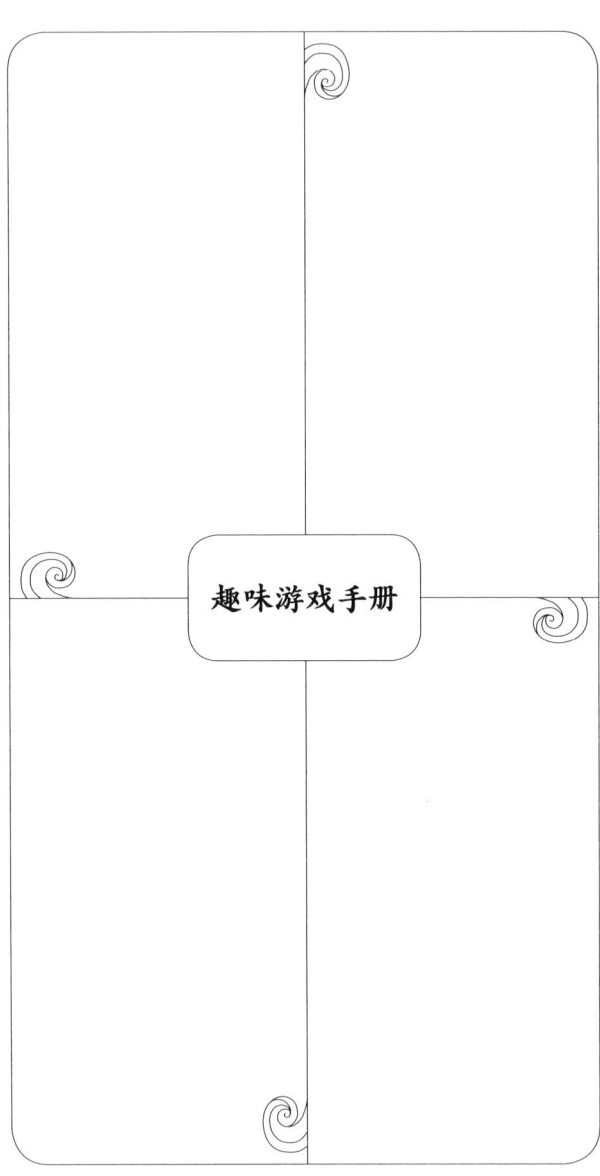

趣味游戏手册

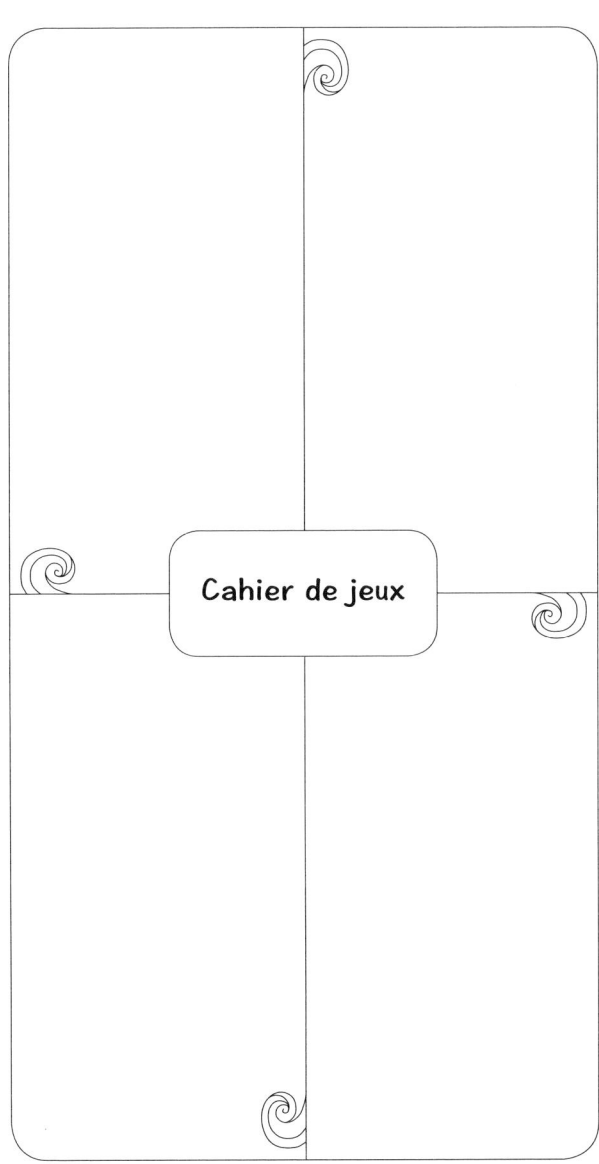
Cahier de jeux

问答题

1. 得墨忒耳的女儿叫什么名字?

   _____

2. 俄耳甫斯演奏什么乐器?

   _____

3. 奥德修斯为了让水手们听不到海妖的歌声,采用了什么计谋?

   _____

4. 海妖塞壬住在哪里?

   _____

5. 利革亚的妹妹叫什么名字?

   _____

6. 得墨忒耳是掌管什么的女神?

   _____

填空题

*根据您刚读完的故事为这段文字填空。

提示：下划线的数量同缺失词语中的字数相一致。

____是利革亚和她的妹妹_____的玩伴。可有一天她失踪了，女神_____认为两姐妹知道科瑞在哪里，所以命令她们去找回她的____，不然就把她们变成_____。事实上，科瑞被冥王____绑架了。利革亚和琉科西亚永远都无法找到她。得墨忒耳大怒，将两姐妹变成了____。从那时起，她们就住在__上，想尽办法用她们迷人的歌声引诱___，为的是_____。

对错题

*请指出下列说法是否正确。

---

1. 希腊神话中的海妖塞壬长着一条鱼尾巴。

   对还是错?

2. 荷马是第一个提到海妖塞壬的人。

   对还是错?

3. 俄耳甫斯是阿耳戈英雄之一。

   对还是错?

4. 科瑞又名珀塞福涅,是冥王哈得斯的妻子。

   对还是错?

5. 奥德修斯将一名水手绑在船桅上。

   对还是错?

6. 利革亚和琉科西亚受到了爱神阿佛洛狄忒的诅咒。

   对还是错?

连线题

*将每个角色的名字同你刚读到的故事中的话语相匹配。

利革亚 —— "我的女儿呢?她在哪里?"

奥德修斯 —— "那你的计谋是什么,奥德修斯?你把这些人的耳膜都刺破了吗?"

琉科西亚 —— "请君为我倾耳听/别理会半人半鸟。"

俄耳甫斯 —— "我们这回至少要抓两个,屯着以备不时之需!"

得墨忒耳 —— "简直是难以下咽,像老腊肉一样硬得咬不动!"

答案

填空题

1. 林肯
2. 南希
3. 为他做过他们所做过的事
4. 一束鲜花
5. 林肯总统
6. 士兵

简答题

1. 林肯
2. 南希林肯
3. 将莎士比亚
4. 女儿
5. 人类与人类
6. 中情局
7. 养兰
8. 莫扎特
9. 水手
10. 黄色橙子

判断题

1. 错。在书法方面，汤姆并不是进一步退两步。
2. 错。在《解放黑奴》第十二节中，黑白对照各自可以为所欲为地发出笑声或被人笑。
3. 对。他们有足够的纸牌进行交易，贝斯在其他组织，他还可以将人（以假乱真等）中的一些。他们为自己争夺主宰。被视为方式方法，在回到途中，该继续向上攀爬时间上凉亭上。
4. 对。我们将军士兵都晕死了。在生活中，我依据比较所出席的海滨。情景从上到下中午闪着爱见到的一家人。为什么要再么关注其实。
5. 错。虽然养母菲比在格林上，因为他带来了母亲的保驾护航赶了人了得的。
6. 错。他们并不到情景是他们将火的人们像，因此到都要见道光的足疾。

连线题

起来走："那你们的孩子干甚么？二被后要炒？你还应该送上的那个我刷了了吗？"
贝诺斯波："因此也不是以上干嘛吗，那时候就从一个多种都上吗吗？"
朗格蒙莫斯："我们这回事去就当你来了，心中以为老是中之对？"
姆索特威哪："你们为我们到来时时/别回答不上走些。"
诺喜发说："我的女儿呢？她回喊着？"

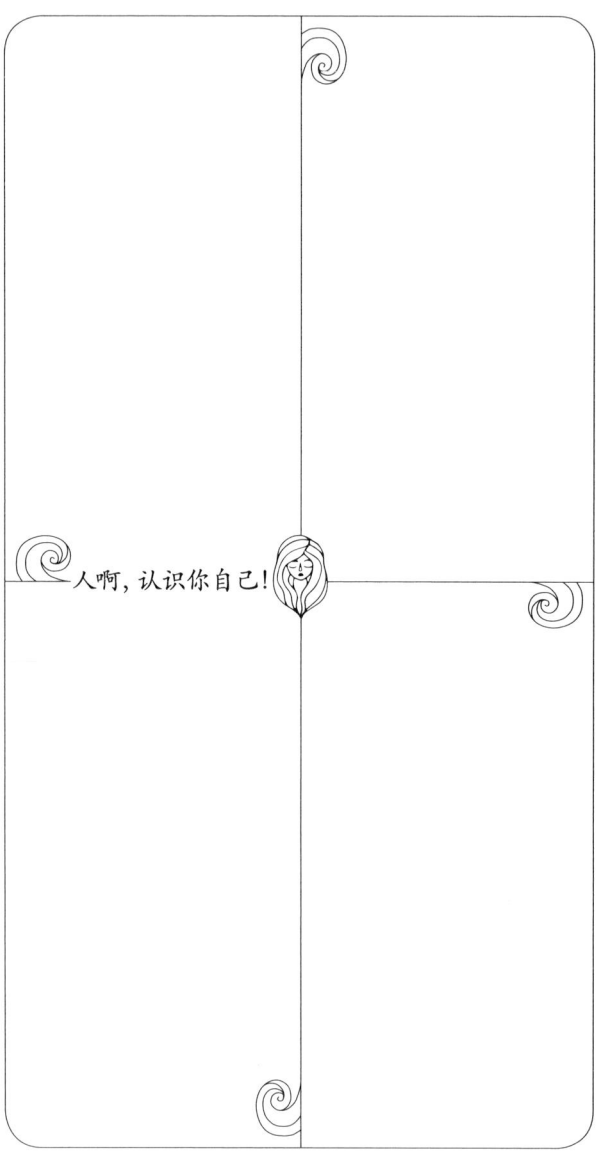